Rita STROHL

Le Déclin
de la Tour d'Ivoire

I.

LA FEMME PÉCHERESSE
QUI RÉPANDIT DES PARFUMS
SUR LES PIEDS DE NOTRE SEIGNEUR JÉSUS-CHRIST

EDITIONS DE « LA TORTUE »
CARROS (Alpes Mar^mes)

MCMXXVI

Rita STROHL

Le Déclin de la Tour d'Ivoire

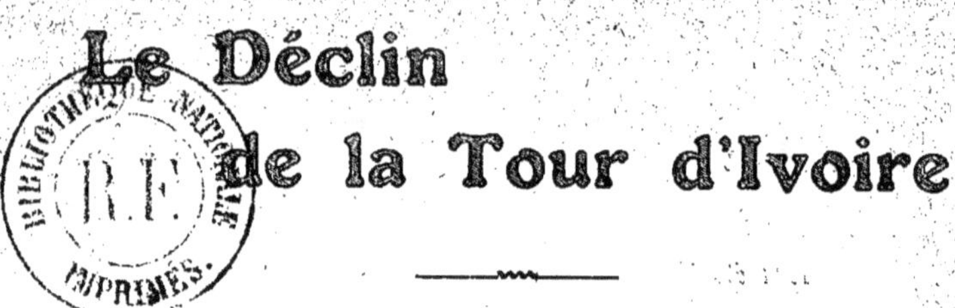

Préambule.

Poème de *La Femme Pécheresse qui répandit des parfums sur les pieds de Notre Seigneur Jésus-Christ.*

Suivi d'une étude du décor,
des costumes,
de la composition de l'orchestre,
et de l'interprétation.

Principaux Thèmes gravés hors-texte d'après le manuscrit original.

Editions de « La Tortue »
CARROS (Alpes Mar⁽ᵉˢ⁾)

MCMXXVI

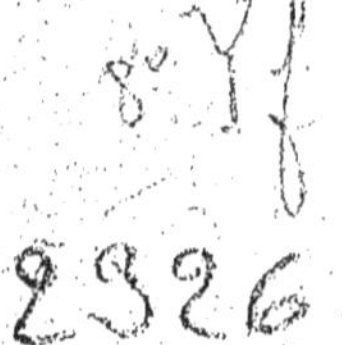

Il a été tiré 500 exemplaires de cet ouvrage

sur Vergé édition Lafuma

numérotés de 1 à 500

Exemplaire N° 353

JUSTIFICATION DU TIRAGE:

Rita Stohl

Le Déclin de la Tour d'Ivoire

I.

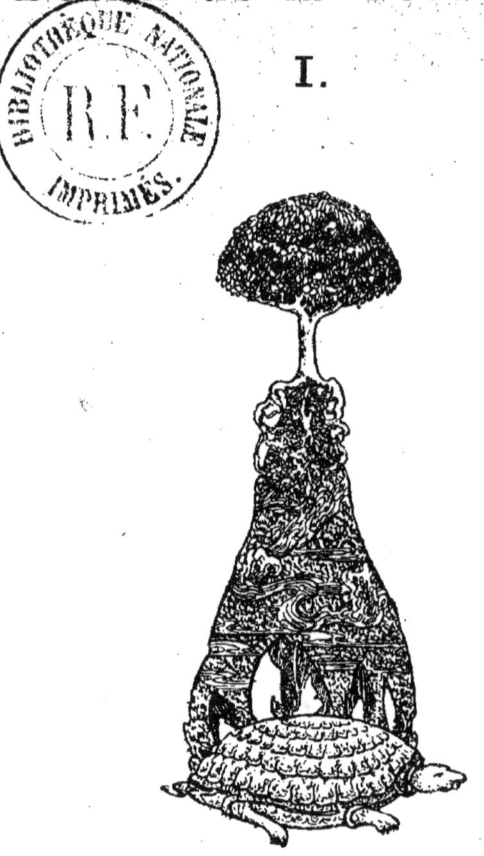

Si mes amis consentent un jour à ne point passer devant ma porte sans écouter, ils saisiront vite que dans cette lettre, je me suis efforcée de faire comprendre mon œuvre dans son ensemble.

Peut-être, grâce à cela, serai-je dispensée par la suite, de nombreux commentaires ; ce sera pour moi un travail de moins et pour mes auditeurs, une facilité de plus, puisqu'ils auront déjà comme une préface au livre de ma vie.

R. S.

Réponse à des Amis

(Juillet 1925.)

« Comment se fait-il qu'après « Yâdjnavalkya » et surtout le sombre « Hu-Gadarn », l'idée vous vint d'écrire « La Femme Pécheresse », cet « ouvrage si clair, presque « gai » et dont le fond repose sur des airs « anciens et orientaux? »

Cette question m'étant posée par les rares amis qui veulent bien s'intéresser à mon œuvre, je me fais un plaisir de leur répondre.

Toutefois qu'ils me permettent de jeter sur les points principaux de ma vie d'artiste si obscure, si inconnue de tous, une lumière sans laquelle il leur serait difficile de porter à mon sujet un jugement équitable. Ainsi ils seront éclairés eux-mêmes sur les sentiments qui guidèrent mes débuts dans la voie constamment poursuivie depuis l'apparition des « Noces Spirituelles ». « La Femme Pécheresse » fut écrite en 1913, à la veille d'un bouleversement des âmes mille fois plus tragique qu'un tremblement de la terre entière, et qui devait laisser derrière lui des ruines en nombre incalculable dans tous les domaines et plus particulièrement dans celui de l'Esprit.

Dès les années 1911-1912, mon mari et moi activions les travaux de notre théâtre. Nous l'avions appelé « La Grange », c'est-à-dire « notre grange », l'asile sûr, pensions-nous, où nous pourrions, sans crainte des atteintes du dehors, conserver le meilleur de nous-mêmes et de notre art. Nous exprimer en toute sécurité, loin de la foule et de ses bateleurs, nous semblait un rêve réalisable...

Depuis, des obstacles matériels toujours grandissants, l'hostilité sourde d'un entourage nous donnant le change sous les apparences de l'intérêt, l'impossibilité de lutter contre des crises de caractère mondial, nous privant de nos moyens d'action, vinrent nous apprendre qu'un artiste, au rebours du charbonnier, n'est pas maître chez lui.

Peut-être un Destin moins dur viendra-t-il encore une fois enrouler autour de nous les plis de son manteau tissé de rêves. Et nous revivrons cette époque lointaine où nous pensions échapper à toutes les contingences qui font le désespoir des vrais artistes: concessions désastreuses à un goût passager, enrôlement dans de dogmatiques chapelles en dehors desquelles il n'y a point de salut, désirs imprudents d'une publicité prématurée, etc.

Je reviens à l'objet de ma réponse.

Je désirais donc pour ce théâtre, lorsque le moment de jouer serait venu, une « journée d'ouverture », comme une petite solennité préalable et commémorative. Dans ma pensée je l'entrevoyais baptismale pour lui et absolvatrice pour moi dont la vie était déjà longue. Car il me semblait qu'avant de parler du Maître des Mondes, de commenter, en quelque sorte, Ses manifestations dans un nombre assez considérable d'ouvrages, il était urgent qu'Il m'en donnât l'autorisation. Et comment obtenir cette ultime faveur autrement que par le don complet de moi-même et la remise intégrale de mes œuvres entre les Divines Mains de « Celui qui remet même les péchés ».

Me trouvant en 1912 à l'abbaye de Fontfroide, dont mon mari faisait les vitraux, j'eus l'occasion de lire les Pères de l'Eglise et tout de suite une Homélie de Saint Ephrem sur « la femme pécheresse qui répandit des parfums sur les pieds de Notre Seigneur Jésus-Christ » vint m'offrir le sujet que je cherchais; le sujet où je pourrai, à mon gré, pétrir des chants avec des larmes de douleur et de joie.

Je m'empressai de copier dans son entier la délicieuse Homélie, je l'emportai à Bièvres, où, me mettant aussitôt à l'ouvrage, j'en tirai le petit poème musical de ma « Femme Pécheresse ». Cette femme célèbre fut-elle simple courtisane de Jérusalem? Etait-ce la Marie-Magdeleine du Calvaire? Nul ne le sait. Mais ce qui m'importait c'était son acte; cet acte qui devait être mien, et que, comme elle, je brûlais d'accomplir dans un désir impatient et irrésistible du cœur. Et à cet instant, j'allais jusqu'à regretter la médiocrité et la pénurie de mes fautes, comparées à celles dont je m'apprêtais à célébrer la rédemption, tant je redoutais la parole de Jésus à Simon: « Celui à qui on remet moins, aime moins ».

Je commençai tout de suite la musique, mais je m'arrêtai bientôt, découragée..... Rien dans mes autres œuvres ne m'avait préparée à celle-ci..... Je sentais qu'un intercesseur devait prendre la parole en mon nom et que la première place ne me revenait plus de droit. Il me semblait que je devais plus attendre de mon silence que d'un étalage de sensibilité personnelle. Néanmoins je comptais me réserver un petit coin par lequel on put reconnaître à mon nombre de vibrations la petite place que j'occupe, comme chacun de nous, dans l'Univers.

Mais, à qui m'adresser? Qui pouvait venir prendre cette place « d'intercession musicale » entre Dieu et moi?..... Je me souvins alors que je possédais un livre contenant une collection de mélodies orientales, livre que notre ami, M. D. Vento, musicien érudit, m'avait échangé autrefois contre un Bourgault-Ducoudray. Quelle ne fut pas ma joie, en parcourant l'ouvrage de Dom J. Parisot (1), de découvrir parmi ces chants d'origine Syriaque, « l'Intermédiaire », qui, de sa voix autorisée et peut-être... contemporaine du Saint Mystère, devait créer toute l'ambiance de mon œuvre et l'envelopper dans ses sonorités lointaines, délicates, aux arabesques primitives souvent barbares et à demi effacées par le temps. De plus, une heureuse coïncidence me représentait Saint Ephrem composant, selon son mètre particulier, de nombreuses hymnes pour ces chants sacrés. Dès cet instant je n'hésitai plus et je fis tout d'abord un travail préalable sur les mélodies et sur le rapport scientifique de Dom Parisot.

Voici quelques aperçus sur l'emploi de la langue Syriaque et sur la façon dont j'ai dû traduire les modes musicaux étrangers à notre art. A vrai dire, cet emploi de la langue Syriaque n'a pas de lien direct avec mon œuvre proprement dite, mais il en existe un cependant par l'influence que cet idiome a exercé sur la forme, le rythme et les sentiments des airs dont je me suis servie.

———

La chronique de Bar-Hébréus, les Sermons de Jacques de Sarug, les Hymnes de Saint Ephrem sont écrits en langue Syriaque, ce qui tenterait à prouver que le Syriaque fut la langue des premiers chrétiens en Syrie.

Aujourd'hui, l'Arabe ayant remplacé le Syriaque, celui-ci, devenu langue morte ou à peu près, reste cependant acquis à la pensée littéraire qui

———

(1) Rapport sur une mission scientifique en Turquie d'Asie par Dom Parisot. — Extrait des nouvelles archives des missions scientifiques. T. IX.

s'exprime par lui et devient, de ce fait, l'apanage de quelques-uns. Il est retenu aussi par le vulgaire lorsqu'il s'agit de l'accomplissement, dans les églises, du cérémonial liturgique. Pour le latin il en est encore ainsi.

Les manuscrits Syriaques sont devenus fort rares, les Arabes chrétiens ne les conservant pas; la plupart se trouvent disséminés dans les musées d'Europe ou les collections particulières (1). Il ne reste plus que les manuscrits liturgiques servant aux églises du rite grec en langue syriaque.

Dom Parisot dit: « A l'époque où le Syriaque était en usage, la liturgie « grecque fut traduite en cette langue et les Melkites de Syrie em- « pruntèrent aux Grecs jusqu'à leurs formes mélodiques, ce qui explique- « rait certains signes de notation que présentent les manuscrits syro-mel- « kites comme l'Octoéchos de la bibliothèque patriarcale du Saint-Sépul- « chre de Jérusalem et le Ménaéon de Charfé. » (2)

Mais l'Arabe ayant supplanté le Syriaque que les peuples ne comprenaient plus, un grand nombre de ces manuscrits gréco-syriaques, devenus inutiles de ce fait, disparurent ou furent vendus. Ils venaient en grande partie de cette fameuse église de Seydnaya de Syrie, possession des Grecs orthodoxes, et qui aujourd'hui, n'est plus qu'un simple couvent de religieuses ne possédant que les livres indispensables aux offices écrits en langue arabe.

Cette prédominance de l'Arabe dut être imposée par des évêques eux-mêmes, car à Ma'lula, village situé à dix lieues de Damas et où Dom Parisot s'était rendu pour y retrouver plus particulièrement les traces du Syriaque, il apprit que lors d'une réparation faite à l'église Saint Léonce de Ma'lula, on découvrit dans une niche pratiquée à l'intérieur du mur, une grande quantité de manuscrits qui avaient dû y être enfermés à l'époque où les évêques exigèrent des prêtres de Ma'lula, l'adoption des livres arabes. Que devinrent ces manuscrits? Ils furent sans doute brûlés ou dispersés. Mais il est curieux de penser que malgré tant de destruction systématique, tant de vandalisme, au Séminaire de Charfé, des jeunes gens ont acquis une connaissance suffisante du Syriaque pour le parler entre eux, en expliquer les textes difficiles se trouvant dans les auteurs classiques,

---

(1) Au couvent du Sinaï, Pierre Loti a vu une bibliothèque remplie de manuscrits syriaques et aussi une inscription en la même langue sur plaque de marbre, attestant que cet incroyable monument fut construit sous le règne de Justinianus Imperator. — N. D. L'A.

(2) Ce dernier contient six pièces, qui, au point de vue comparatif grec et syriaque seraient, paraît-il, du plus haut intérêt pour les musicologues.

tout en continuant à le réserver à la forme poétique et littéraire. Ils doivent évidemment cet avantage à l'habitude de célébrer les offices en ce vieil idiome; leur évêque, Mgr Joseph David, s'étant consacré à cette œuvre de restauration linguistique, avait publié lui-même des ouvrages en langue syriaque à l'usage des Syriens. (1)

Et c'est là l'essentiel de ce que je peux dire quant à l'existence de cette langue dont, hélas! je n'ai point su me servir, mais vers laquelle je reporte respectueusement ma pensée alors que j'aimerais tant que ses subtiles, indéfinissables et si anciennes vibrations vinssent planer sur les chants qui parsèment mon ouvrage musical et qui furent si magnifiquement ou si délicatement inspirés par l'Esprit Divin qui se jouait à travers sa beauté.

———

A part quelques fragments de chansons ou de formules arabes, les airs dont je me suis servie pour les thèmes de ma « Femme Pécheresse » sont des chants liturgiques en usage dans le rite maronite.

Ils comprennent des chants dits:

Maronites, dont les tonalités sont en rapport avec les modes de la musique arabe;
Arabes, l'octave à vingt-quatre intervalles;
Syriens, dont l'échelle est basée sur le tétracorde;
Chaldéens, selon le mode diatonique de notre musique occidentale.

Ces chants d'origine obscure n'étaient point notés, à part quelques-uns, jusqu'au jour où Dom Parisot, envoyé en mission scientifique en Turquie d'Asie, par le Gouvernement français, en 1896, entreprit la tâche difficile, mais combien intéressante, de les fixer autrement que par une tradition vocale que la routine tend à altérer au cours des siècles.

La plus grande partie de ces chants correspond à la division des modes arabes, dont, à une époque récente, on fixa la gamme à vingt-quatre intervalles. Cette gamme en comprenait autrefois un bien plus grand nombre. Mais pour la bien exécuter, il fallait une subtilité d'oreille extraordinaire jointe à une savante technique de cet art musical que les Al Farabi, Ibn

———

(1) Ceci nous était apprit par Dom Parisot, en 1896.

Jafar, Safi-eddin ont porté à une puissance inouïe, si on s'en rapporte aux écrits de leur temps.

Plus une musique est subtile, plus une erreur devient dangereuse. On conçoit que l'Art entraîné par le Son dans ses domaines les plus secrets, commençait à perdre pied. On jugea qu'une simplification s'imposait et on la fixa à vingt-quatre intervalles, ce qui, pour des oreilles européennes est déjà une grande difficulté.

Je dirai ailleurs ce qu'il y a à attendre pour notre Art occidental, dont les possibilités de la gamme diatonique touchent à leur fin, de cette division du son, qui, en élargissant le champ du sens de l'ouïe, lui permettra de nouvelles combinaisons dont on ne peut prévoir le nombre, ainsi qu'une réédification de la polyphonie d'après les nouvelles divisions et une refonte complète des moyens d'expression.

Je ne dirai rien des chants syriens basés sur les modes grecs et grégoriens que tout le monde connaît, mais il m'est doux de m'arrêter un instant sur ces chants chaldéens, qui, à travers les siècles, viennent rejoindre notre Art occidental si simple et si beau, si grand dans sa simplicité. Simplicité qu'aucune combinaison, si hardie, si compliquée soit-elle, ne peut altérer. La gamme chaldéenne était aussi celle des Egyptiens. On sait qu'au pays des Pharaons, une flûte trouvée dans un tombeau et qui s'était endormie depuis des millénaires auprès de celui ou de celle qui avait su la faire vibrer, sous les lèvres d'un nouveau prince charmant, se réveilla et fit entendre à ses auditeurs respectueusement étonnés, la gamme de cinq tons et deux demi-tons!

Mon but n'est pas de vous faire un cours sur les gammes exotiques ni de vous expliquer les transformations qu'il m'a fallu faire subir à leurs chants pour les enfermer dans notre gamme tempérée, ni de vous parler des inventions et des superpositions qui surgissent dans l'élan du travail, toutes choses qui se trouvent et ne s'expliquent pas et que comporte une œuvre d'art.

J'estime que quiconque établissant un rapport entre cette œuvre occidentale et polyphonique et les monodies orientales délicates ou frustes auxquelles j'ai eu recours, en tirera facilement les conclusions convenables.

Ce but, beaucoup plus modeste, consistera à vous signaler au passage les différents chants qui ont présidé à l'édification de mon ouvrage, ainsi que les sentiments qui en ont déterminé le choix.

Un thème n'est pas un chant.

Un chant obéit à une ligne tracée d'avance et qui le fait se mouvoir d'un point à autre. On pourrait dire qu'il a sa trajectoire particulière. Un thème, qui tout d'abord semble aussi un chant, en diffère en ce sens qu'il doit être libre de toute contrainte. Il doit pouvoir s'adapter à n'importe quel élément et s'orienter vers n'importe lequel des points cardinaux.

Ces transformations des thèmes sont trop connues pour qu'il me soit nécessaire d'insister à ce sujet. Mais ce qui est moins connu, c'est la transmutation d'un chant en thème: donner la liberté aux éléments constitutifs d'un chant pour le rendre à l'espace sonore, ouvrir la cage qui renferme l'oiseau de Paradis afin qu'il reprenne son vol vers d'autres éthers.

C'est cette chose, où seul préside le choix guidé par le sentiment, qui me fut donnée de faire en écrivant ma « Femme Pécheresse » sur des chants orientaux. Quelques mesures m'ont souvent suffi pour établir un thème alors que je n'aurais su que faire du chant dans son entier qui correspondait à un rite particulier et à ses exigences.

« La Chanson du Marchand de Parfums » *commence par les premières mesures du chant maronite* BO'UTO D-MOR YA'QUB, *supplication dans le mètre de Jacques de Sarug, chantée en semaine, le samedi. On y trouve, en outre, des éléments mélodiques et rythmiques d'une adorable chanson arabe; éléments que l'on retrouve dans d'autres airs, mais qui m'ont semblé réunir ce qui pouvait évoquer, dans la chanson biblique du marchand de parfums, les souvenirs lointains du temps où le roi Salomon, étendu nonchalemment sur sa litière en bois du Liban, pensait aux filles de Jérusalem.*

Le thème de la « Salutation » *est un dessin de notes provenant d'un cantique en mode arabe. Ce dessin, comme toutes les arabesques de l'Islam, a le privilège de l'écriture. Il est tour à tour et selon l'état de la mentalité qui le contemple, ou expressif ou simplement décoratif.*

Le thème du « Marchand de Parfums » *est un chant maronite* MORYO L-MAR'ITOH *dont j'ai pris les premières mesures. Par la répétition constante de sa formule mélodique, il me parut convenable pour exprimer la curiosité indiscrète du marchand qui arriva par la persistance à faire avouer à la Femme Pécheresse le secret de son cœur. Vers la fin de la première partie de mon ouvrage, ce thème s'empreint de gravité et aussi d'attendrissement pour celle qui vient d'apprendre que Jésus est chez Simon.*

Lorsque la Femme dit au marchand: « Craignez, ô homme, le Dieu « Juste qui, de la fureur des loups délivra Suzanne », *j'ai eu recours à un* FRUMYUN, *récitatif non mesuré, en usage dans la liturgie maronite.*

« La boutique du Marchand de Parfums est tirée et variée d'un cantique en langue et en mode arabe. Ce thème, comme celui du « Roi David », se présente seul ou sur un autre thème que j'appelle « l'Orient », et dont j'aurai, plus loin, l'occasion de dire la provenance.

« L'Arche Sainte » est un chant d'origine syrienne servant aux processions de la fête de l'Epiphanie. Son mode est grégorien. Je ne me suis servie que des quatre premières mesures de ce chant très beau et très long et dont l'allure majestueuse correspondait, dans ma pensée, à celle des Hébreux portant sur leurs épaules, à travers les déserts de l'Arabie, le gage unique de leur Divinité.

Ce thème est immédiatement suivi de celui de la « Trompette de Jéricho », chant arabe légèrement modifié et dont je n'ai retenu que les huit premières mesures.

Tout de suite et comme après « l'écroulement des murailles », lorsque la Femme Pécheresse dit: « Au nom de Josué qui arrêta d'un seul mot le « cours des astres... », dans une déchirure sonore apparaît le thème du Soleil maintes fois entendu dans Yâdjnavalkya et qui est là accompagné par les thèmes de « l'Orient » et du « Roi David ».

Celui, très long de la « Femme Pécheresse », thème intérieur et que j'appellerai « les frissons de son âme », m'appartient en propre et je me suis gardée la liberté de le modifier selon les impulsions spontanées d'un état sensible, provoquées par les différentes phases de l'action.

Quand la Femme Pécheresse verse sur les pieds de Jésus, le parfum précieux imprégné des larmes qui, comme deux ruisseaux, coulent de ses yeux, les premières mesures de ce thème intérieur au lieu de se présenter de l'aigu au grave, remontent du grave à l'aigu, reprises peu à peu à l'unisson par tous les instruments à cordes. C'est dans un profond silence de toute humanité que doit se dérouler cette scène du parfum; car à quoi serviraient le bruit et le sens de paroles s'adressant à Celui qui sait tout d'avance et de toute Eternité? Saint Ephrem dit expressément dans son Homélie: « Pourquoi s'est-elle approchée du Sauveur pour lui dévoiler « les secrets de son âme, pour les lui exposer sans prononcer une parole? »

Le silence n'est rompu que par le doute de Simon.

Le thème intérieur de la « Femme Pécheresse » contient une formule de quatre notes que l'on trouve dans les « Noces Spirituelles » sous le nom de « la Soumission ». Il apparaît encore plus distinctement dans le second thème, dit thème spirituel de la Pécheresse. Il est formé alors de l'appel christique de « St Jean-Baptiste au Désert » et d'un fragment de la « Sagesse » des « Paysages de l'âme ».

Un troisième que j'intitule « le gémissement intérieur » est également mien; il est facilement reconnaissable à son occidentalisme.

Un autre, qui m'appartient aussi, est celui du « Roi David ». Il a pour basse une formule que j'ai appelée « l'Orient » et qui, de fait, est une mélodie chantée aux fêtes maronites sous le titre de, BO'UTO D-MOR AFREM, supplication suivant le rythme de Saint Ephrem. Cette mélodie vocale, traitée instrumentalement par moi, est respectueusement gardée dans sa forme rythmique, abstraction faite des deux premières mesures.

Un interlude sépare les deux parties de cette œuvre qui doit être jouée sans interruption.

Le thème des « Serviteurs » ouvre la seconde partie. C'est un « SEDRO » à 8/4 selon le mètre de Saint Ephrem. Je lui ai conservé ses répétitions, ses obstinations rythmiques, comme devant exprimer l'idée d'un devoir pressé à accomplir. Il est traité instrumentalement, ce qui me permet un mouvement rapide que ne comporte pas une mélodie destinée aux voix.

Vient après, le thème du « Repas chez Simon ». J'ai pris ici ce chant dans son entier, osant à peine y toucher, le laissant pour ainsi dire à découvert. Je ne voulais point par des artifices harmoniques en altérer la ligne aux arêtes impératives, presque dures, faisant place tout d'un coup et sans transition, dans les deux dernières mesures, à un sentiment d'une profonde et douce religiosité. Cette mélodie appelée: EFREMAYA, fut communiquée en manuscrit à Dom Parisot par les RR. PP. Berré et Scheil.

D'origine chaldéenne, elle est de pur système diatonique. Ainsi que le Chant Processionnel qui me servit pour mon « Arche Sainte », elle s'éloigne des mélodies précédentes qui obéissent aux principes musicaux des Arabes. Par sa formation ut-sol, elle correspondrait à l'Hypophrygien antique. Je l'ai transposée en mi bémol-si bémol et j'ai profité de ce contraste qu'elle porte en elle-même pour exprimer combien, d'une part, était grande la crainte intérieure des assistants en présence de cet Homme-Dieu venu chez eux, s'imposant à leur esprit comme une « Force-Loi » et de l'autre, leurs sentiments d'humilité, de respectueuse déférence se manifestant déjà sous la forme d'un rituel presque liturgique.

Le thème des « Convives » est un cantique en mode arabe. C'est-à-dire que pour ce mode, mon fa dièze devrait, en réalité, être un fa + le mi bémol, un mi — et le si bémol, un si —.

Toutes les pièces de ces musiques compliquées, transposées en notre langue musicale, subissent ce mauvais sort: le renoncement à cette chose fine et ouatée pour l'oreille, des sons intermédiaires cheminant sur la route d'un intervalle.

Ce cantique contient vingt-huit mesures à 2/4 dont seize me suffirent pour tâcher d'exprimer cette sorte de timidité plane, cette conscience d'être presque impersonnels, qui devaient dominer ceux qu'un nouveau Destin mettait en présence d'un pareil Hôte.

L'apparition de la Femme Pécheresse qui se dissimulait tout d'abord au milieu des curieux de la rue et des serviteurs, fait monter de ce thème des rumeurs contenues. Elles se taisent quand cette Femme, agenouillée aux pieds de Jésus, verse sur eux le parfum de son vase d'albâtre. Tous, à cet instant, doivent, dans une immobilité complète, saisis d'étonnement et de stupeur, contempler l'acte qui s'accomplit sous leurs yeux.

Comme pour le thème du « Repas », j'ai tenu celui des « Convives » dans une presque nudité, ne voulant point le voiler par des oripeaux harmoniques occidentaux, si loins de lui et si étrangers à son type. Le thème de « Simon » qui met fin au silence observé jusque là est une « Hymne du Soir » du rite melkite notée à Ste Anne de Jérusalem et qui est une traduction arabe d'un chant grec.

Son ré dièze devrait être +.

Cette Hymne est très longue et je n'ai pris d'elle que les quatorze mesures du début.

Enfin elle alternera maintenant avec le thème de « Jésus », chant chaldéen du Psaume LXXXVII de la veille de Noël. Ce dernier fut chanté à Dom Parisot par un prêtre, Joseph Tawil, visiteur patriarcal en Syrie et venu des bords de l'Euphrate.

Non seulement j'ai pu prendre cette mélodie dans son entier, mais j'ai pieusement gardé l'idée de cymbale antique, d'invention chaldéenne, accompagnant le chant et précédant, dans mon ouvrage, chaque parole du Christ.

Quand Jésus dit: « C'est pourquoi je vous déclare que beaucoup de « péchés lui seront remis », il parle sur le fragment du 2me Paysage de l'Ame qui fait partie du thème spirituel de la « Femme Pécheresse ». Le thème des « Convives » réapparaît alors, modifié dans un sens interrogatif, sans perdre toutefois son caractère de crainte sacrée.

Après les dernières paroles de Jésus: « Votre foi vous a sauvée; Allez « en paix », j'ai ménagé un temps de suspension, comme un arrêt des cœurs, avant l'explosion de joie qui va suivre. Explosion formidable et toute intérieure car elle ne doit point se traduire par un changement quelconque dans l'attitude prosternée de la Femme et celle toujours immobile de Simon et de tous les autres personnages...

Puis un développement assez court des thèmes déjà entendus et l'ou-

vrage se termine sur ceux entremêlés de « Jésus », de la « Femme Spiri-
tuelle » et du « Roi David ».

---

*Vous savez maintenant quel est « l'intercesseur » choisi et vous avez
deviné vers qui vont mes préférences. La lecture de l'Homélie ne m'avait
pas révélé que je devais, par les Hymnes de Saint Éphrem, me trouver en
contact avec ce grand saint, poète et musicien. Mon ardeur musicale s'accrût
de ce voisinage spirituel que je désirais, en mon âme, efficace et rédempteur.*

*Il est peut-être surprenant de lire ces choses à une époque où un
scepticisme railleur est de bon goût. J'étonnerai davantage en avouant, avec
une franchise qui doit être à la base de toute évolution d'un caractère, que
je suis une anti-actuelle; je ne peux plonger que dans le passé ou dans
l'avenir. Non pas que mon temps me soit étranger; je le sens, hélas! passer
sur moi et sur mon œuvre, y laissant sa terrible empreinte... Mais, soumise
au joug de la stabilité, il ne m'emporte pas. J'ai conscience d'assister à ses
manifestations sans y prendre part, tout en gardant dans les yeux et les
oreilles la mobilité de ses puissantes vibrations. C'est cette infirmité qui,
me rayant du présent, me tient éloignée de tous ceux avec lesquels j'aimerais cependant former des liens agréables et sûrs. Je jette donc ces lignes
dans la mer poissonneuse, comme tout bon pêcheur, mais sans espoir de
pêche miraculeuse.*

*L'amour d'un passé glorieux se manifesta dès ma première jeunesse,
par la composition d'une symphonie lyrique sur Jehanne d'Arc. Quel était
le musicien de cette époque qui n'avait pas musiqué Jehanne d'Arc? mais
ma pensée était qu'elle fut glorifiée par une jeune fille de son âge, devant,
à des siècles de distance, vibrer de ses extases, de ses victoires et de ses
souffrances. Cette œuvre qui fut jouée dans ma ville natale, eut, plus tard, le
sort de l'héroïne aimée: elle fut brûlée. Je jugeai que les défauts en dépas-
saient par trop les qualités. Il reste de ce fatras détruit quelques mesures de
« Jehanne d'Arc en prison », qui forment le motif principal d'un quatuor à
cordes. Et puis j'avais vieilli et Jehanne d'Arc avait toujours vingt ans.*

*Une exaltation mystique dominait tous mes sentiments, me faisant
sœur de ces êtres qui se donnent sans partage à l'objet de leur culte, igno-
rant les scapels de la critique, les spéculations de l'avenir et les préoccupa-
tions de la mode.*

*Quand je commençais à écrire sous la direction de mon vénéré maître,
Adrien Barthe, je ne m'occupais point de cet avenir d'alors si riche en pro-*

messes, ne sachant rien de mon époque, restant plongée dans un passé qui, seul, m'enthousiasmait. Et cela, pendant que ma génération, tournée vers les dieux nouveaux, saluait de ses acclamations tout ce qui lui semblait frayer à l'Art des routes inexplorées et lumineuses, J'ai gardé de ces temps lointains des musiques empreintes d'un esprit pieusement conservateur et colorées par les reflets de merveilleux flambeaux qui ne s'éteindront pas, mais qui déjà s'éloignaient dans le temps pour faire place à d'autres, alors que j'aurais voulu les retenir déraisonnablement au milieu de la tempête révolutionnaire déchaînée. Les « Fleurs du Mal » de Baudelaire et les « Chansons de Bilitis », de Pierre Louÿs, dont je fis la musique, furent le point tournant de mon évolution intellectuelle et musicale. Je compris alors ce qui se passait et où j'étais. Je regardai, étonnée, autour de moi et comme la vie, en cet instant, frappait avec un maillet sans tête d'éponge, les fibres délicates de ma harpe, je passai d'une existence dans une autre sans le secours d'une réincarnation.

Ces œuvres écrites en 1895 et 1898, au fond de ma vieille Bretagne, ne doivent rien qu'à la pensée qu'elles traduisaient; elles ignoraient tout du Debussysme naissant.

Je connaissais bien mon Berlioz, mais je m'adaptais mieux à sa vibrante nature d'artiste qu'aux rocailles de son écriture.

Enfin, je prenais contact avec mon temps; contact d'où devaient sortir la « suite d'orchestre de la Forêt », la « Symphonie de la Mer », les « Trois Préludes », les « Musiques sur l'Eau »; œuvres où s'affiche une prédilection pour la gamme à six tons.

Je dois dire que par la suite, je conservai cette Rose Primordiale à six tons colorés pour l'expression concernant directement les éléments ou les Esprits de la Nature qui sont étrangers à notre sensibilité.

De la tempête révolutionnaire venue de l'Est, étaient nés des temps nouveaux mal établis et où les entités artistiques s'interrogeaient avec angoisse les unes les autres, se cherchant dans une sorte de nuit, se précipitant vers ce qu'elles croyaient être des issues et retombant sans forces sous le poids de ce qui venait de terrasser le monde. Les artistes, si libres, si indépendants, si joyeux, venaient de connaître la peur; la peur de « trop aimer », c'est-à-dire, l'engloutissement personnel.

Etant sans amis, aimant la solitude et n'ayant point peur d'aimer, j'allais au désert (le désert pour moi est partout) et m'étant assise à l'ombre du Memnon germanique, j'écoutais avec ravissement les sonorités qui sortaient de ses profondeurs et qui le faisaient communiquer par la Lumière, avec le monde des astres. J'en déchiffrais sur son socle, le merveilleux système, et j'appuyais mon front las contre ce granit que le temps n'émiettera pas, parce que de par son essence il échappe à la pesante matière.

Pendant que je me laissais aller à l'amour et à l'enivrement de cette polyphonie dont le sens réjouissait et satisfaisait mon cœur et ma raison, je remarquai les allées et venues d'un charmant fulgore dont les arabesques s'inscrivaient non loin de moi, mais dans un espace restreint. Le chatoiement de ses coloris, la grâce de ses courbes, tout dénotait un goût rare et une intelligence avertie. Mais plus on le regardait, plus il semblait toujours pareil et comme emprisonné par son propre vol qui se circonscrivait en méandres sans jamais pouvoir ni s'élever, ni disparaître.

Je me pris à réfléchir et je me demandais comment il me serait possible, à moi, venue tard, de sortir maintenant de ce lieu choisi où de chaque côté un redoutable impasse m'était offert... Je ne pouvais plus que construire entre les deux, sans suivre ni l'un, ni l'autre, dans cet espace balayé par le vent pur et violent du désert et où, sur les horizons lointains, se jouaient les plus décevants mirages. A cet instant, me revint à la mémoire la parole d'Allah à Eve, le jour de ses noces avec Adam: « Par un acte de ma « Toute-Puissance, je te donne comme dot la louange de Moi-même. » (Coran, ch. II).

Je venais de trouver ma voie véritable que je devais à ma nature féminine...

Je traçais aussitôt le plan d'une demeure que je voulais profonde et haute et assez vaste pour recevoir mon Père. Ce Père toujours cherché, toujours adoré dans le secret et qui venait de se révéler à moi d'une façon si mystérieuse, en m'indiquant la voie ascensionnelle qui devait me mener à Lui.

Les exemples qui s'offraient à moi, ne pouvaient qu'affermir ma résolution.

Les officiels se lançaient dans un Wagnérisme effréné, descendant un peu plus à chaque œuvre nouvelle; les Debussysies croyant trouver un filon là où il n'y avait qu'une déliquescence exquise et pour ainsi dire terminale, poursuivaient de debussysme en sur-debussysme, de sur-debussysme en ultra-debussysme, puis en avant-garde de la première heure, de la deuxième, de la troisième, de la quatrième et ainsi de suite jusqu'au pataugeage final dans lequel ils se débattent et dont seul, le public, ne s'aperçoit pas.

Intentionnellement, je ne parle ni de Franck, ni de Fauré, ni de Duparc, parce que malgré les belles œuvres qu'on leur doit, ils n'eurent pas les mêmes influences. Franck dérivait de Wagner par son écriture et aussi par ses idées; Fauré restait un « *Parfum impérissable* »; Duparc devait les dépasser tous, du moins en ce qui concerne les musiciens français, si un destin cruel n'était venu arrêter dans son développement, un tempérament de premier ordre.

Les « Noces Spirituelles de la Vierge Marie » et le « Promeneur de ciel » furent les premières constructions de mon Château Spirituel. L'une fait partie du Cycle Chrétien et l'autre du Cycle Hindou. Puis, avec « Hu-Gadarn », s'ouvre un Cycle Celtique. L'occasion m'était vraiment trop belle et trop offerte par le lieu de ma naissance, les attaches de mon sang armoricain, pour ne point consacrer à cette Genèse sortie du vieux sol igné, tous mes atavismes et mes hérédités. C'est du haut de ce pic altier qui s'appelle « la demeure de Hu », que j'eus l'idée d'ouvrir enfin les portes de mon édifice qui s'étageait en œuvres aux reflets changeants reliées par un désir unique : la Louange de Lui-même.

Mais ces portes ne purent s'ouvrir...

C'est sous l'empire d'un moment de crainte que doit connaître tout être aspirant à l'absolution parfaite que j'écrivis la « Femme Pécheresse ».

Après... il me sembla que la permission m'était donnée de construire de nouveaux palais sur les anciens; palais plus subtils, transformables et se perdant dans de redoutables éthers.

Et je commençai le poème du « Suprême Purucha ».

J'entrepris avec une audace singulière la Glorification de l'Abstraction des abstractions avec la conscience nettement développée que, lorsque de subtilités en subtilités, de compréhensions en compréhensions, Il m'emportera, je ne connaîtrai jamais de Lui autre chose que cet amour flamboyant qu'Il met au cœur des hommes et qui doit tout consumer à la fin des Temps.

Cette perspective loin de m'effrayer, m'enchante dès ici-bas et il n'y a rien que je ne sois prête à lui sacrifier.

Maintenant si vous me demandez quelle forme peut bien avoir l'édifice dont je vous ai entretenus, je vous répondrai, qu'il n'en a pas. Je vous prierai seulement de reporter votre esprit à la conception toute intellectuelle et abstraite d'une Roue dont les cycles religieux formant les rayons, aboutissent au moyeu, Point Central, Unique et à jamais Inconnaissable.

C'est ce Point qui est là, le grand vertige, la grande aimantation dont il est prudent de protéger son cœur le plus longtemps possible et dont il est bon aussi de ne point trop parler. Ce que je ne fais pas.

RITA STROHL.

La Femme Pécheresse

qui répandit des parfums

sur les pieds

de Notre Seigneur Jésus-Christ

———ᗯᗯ———

d'après l'Homélie de Saint Ephrem
et l'Evangile de Saint Luc.

PERSONNAGES:

Le marchand de parfums

La Femme pécheresse

Simon le Pharisien

Jésus

Les Convives de Simon

Ses serviteurs

Un homme qui regarde dans la salle

Curieux et curieuses au seuil de la maison de Simon

Passants et passantes dans la rue de Jérusalem.

DECOR

Un Triptyque

A droite, la boutique du marchand de parfums.

A gauche, une rue de Jérusalem.

Au milieu, la salle du Repas dans la maison de Simon le Pharisien.

PREMIÈRE PARTIE

La Boutique du Marchand de Parfums

LE MARCHAND

(chantant une chanson biblique)

« Le Roi Salomon s'est fait une litière en bois du Liban.

« Il en a fait les colonnes d'argent et le fond d'or; le siège est
« de pourpre et il a orné le milieu de tout ce qu'il y a de plus pré-
« cieux, en faveur des filles de Jérusalem.

« Sortez, filles de Sion, et venez voir le Roi Salomon avec le
« diadème dont sa mère l'a couronné le jour de ses noces; le jour
« de la joie de son cœur. »

(Une femme entre dans la boutique.)

LA FEMME

(au marchand, qu'elle salue.)

La paix soit avec vous.

Donnez-moi un parfum digne du plus grand Roi.

Celui à qui je le destine, nul ne peut lui être comparé.

LE MARCHAND

Femme, bien haut est votre orgueil!

...On vous voit dans les carrefours, tendant vos filets...

LA FEMME

Craignez le Dieu de vos pères, ô homme et donnez-moi un vase d'albâtre rempli de parfum.

LE MARCHAND

En vérité, quel homme sut vous inspirer tant de zèle et tant d'ardeur?

O femme, répondez-moi.

Cet amant, quel est-il?

LA FEMME

Pourquoi, ô homme, chercher à connaître ce qui doit être ignoré?

Craignez le Dieu Juste, qui, de la fureur des loups, délivra Suzanne.

Cédez à mes vœux.

Votre cœur, par l'âge, n'est point endurci.

LE MARCHAND

Je vous presse de me répondre, ô femme.

De ce parfum, en échange, que peut-il vous donner?

Du Saint Roi David est-il de la race?

LA FEMME

Suis-je venue pour vous dire mes secrets?

Ne me retardez pas.

Ayez pitié de moi...

Je vous conjure au nom de l'Arche Sainte; au nom de la Vertu Divine, qui, de Jéricho, renversa les murailles;

Au nom de Josué qui arrêta d'un seul mot le cours des astres et de deux jours, n'en fit qu'un!

LE MARCHAND

Si quelque jalousie ne vous tourmente, nommez-moi cet amant magnifique!

Je veux l'aller saluer.

A ce prix, je vous donnerai le parfum royal.

LA FEMME

(Après un long temps d'hésitation.)

Dans la ville, personne, de mes iniquités, n'ignore l'étendue...

De vêtements somptueux, parée,

les cheveux relevés avec art,

j'abordais de jeunes hommes...

Mes artifices enlaçaient l'imprudent;

mon triomphe consommait sa ruine...

Un jour je vis le Fils de l'Homme...

Je le suivis,

J'écoutai Sa parole; mon âme fut troublée...

Je me frappai la poitrine:

« O malheureuse, comment vivre maintenant que je l'ai vu!... »

« Oh!... un instant m'approcher de Lui...

« De mes fautes, être purifiée!... »

LE MARCHAND

O femme pleine de foi, que grâce vous soit rendue.

Voici le parfum.

Des prophètes, vous êtes fille.

Allez vers Celui qui, par sa parole, purifie et sanctifie.

Il est aujourd'hui dans la maison de Simon le Pharisien.

Partez, ô femme.

Que le Dieu d'Israël soit avec vous.

*(La femme salue le marchand qui lui rend son salut. Elle part,
emportant le parfum précieux.)*

(Le rideau se ferme)

DEUXIÈME PARTIE

La Salle du Repas chez Simon et la Rue de Jérusalem

Le rideau s'écarte sur l'ensemble du Triptyque. Le marchand dans sa boutique, reste étranger à ce qui se passe. Cependant, à partir du moment où la femme pécheresse verse le parfum sur les pieds de Jésus, il garde une complète immobilité.

Dans la salle du Repas, Jésus, Simon et les convives sont à table.

Des serviteurs vont et viennent de la rue dans la salle.

Des hommes et des femmes passent dans la rue.

Un homme s'est arrêté et, par la porte ouverte, regarde chez Simon.

La femme pécheresse, tenant le vase d'albâtre, s'approche de la porte; elle n'ose encore entrer... elle craint d'attirer l'attention.

Profitant d'un moment où les serviteurs sont plus occupés, elle s'introduit dans l'intérieur de la maison.

Des femmes curieuses, passant dans la rue, s'arrêtent et regardent...

Elles ont reconnu la courtisane.

Celle-ci se tient d'abord dans un coin de la salle, puis elle se mêle aux serviteurs.

Enfin, s'enhardissant, elle s'approche de Jésus et se prosterne à ses pieds.

CONVIVES ET CURIEUSES

(qui ont franchi le seuil.)

Oh! —

Oh! —

Mais la femme pécheresse arrose de ses larmes les pieds de Jésus; elle les essuie avec ses cheveux. Et après avoir couvert de ses baisers Ses pieds sacrés, elle répand sur eux l'huile de parfum.

SIMON

(à mi-voix)

Si cet homme était prophète, il saurait qui est celle qui le touche, ce qu'elle est; et c'est une femme de mauvaise vie.

Pendant ces paroles de Simon, les passants et passantes de la rue se sont rassemblés autour de la porte.

JÉSUS

Simon, j'ai quelque chose à vous dire.

SIMON

Maître, dites.

JÉSUS

Un créancier avait deux débiteurs, l'un lui devait cinq cents deniers, l'autre cinquante.

Comme ils n'avaient point de quoi payer, il leur remit à tous deux leur dette:

Dites-moi lequel des deux l'aimera davantage.

SIMON

Celui auquel il a remis la plus grosse somme.

JÉSUS

Vous avez bien jugé.

Voyez-vous cette femme?

Je suis entré dans votre maison, vous ne m'avez point donné d'eau pour me laver les pieds, et elle les a arrosés de ses larmes et les a essuyés avec ses cheveux.

Vous ne m'avez point donné de baisers, mais elle, depuis qu'elle est entrée, n'a cessé de baiser mes pieds.

Vous ne m'avez point répandu d'huile sur la tête; et elle a répandu sur moi une huile de parfum.

C'est pourquoi je vous déclare que beaucoup de péchés lui seront remis parce qu'elle a beaucoup aimé.

Mais celui à qui on remet moins, aime moins.

(à la pécheresse)

Vos péchés vous sont remis.

SIMON — LES CONVIVES — LES CURIEUSES
PASSANTS ET PASSANTES

Qui est celui qui remet même les péchés?...

JÉSUS

Votre foi vous a sauvée;
Allez en paix.

(Le Rideau se ferme)

R. S.

La Grange. Octobre 1912.

DU DÉCOR

de la « Femme Pécheresse »

Il n'est peut-être pas inutile, après tout ce que j'ai dit concernant la « *Femme Pécheresse* », d'ajouter quelques indications relatives à la vision que je m'en suis faite au point de vue de sa réalisation théâtrale.

D'abord, un décor qui jaillit dès l'instant de mon premier contact avec l'idée d'une représentation: un reliquaire ou plutôt un triptyque décoré à la manière des artistes du Moyen-Age et dont les deux vantaux s'ouvrent et se referment sur un panneau central les dépassant en hauteur par une architecture de forme ogivale, ouvragée et enrichie de pierreries.

Ouvert, ce triptyque représente l'ensemble de l'ouvrage.

Sur le vantail de droite (gauche du spectateur) est figurée « la boutique du marchand de parfums »; sur celui de gauche, « une rue de Jérusalem » et sur le panneau du milieu, la « salle du Repas chez Simon ».

Séduite par la grande science des Primitifs, je concevais donc cet ensemble ainsi que ces maîtres: le personnage, centre de tout intérêt, de toute émotion, représentant la pensée et l'acte, beaucoup plus grand que la nature, en dehors de toute loi de proportion; la nature et les objets et leurs rapports avec les personnages, en dehors, également, de toute loi de perspective.

J'entrevoyais les trois tableaux comme faits, figés d'avance et où tout d'un coup les figures se seraient mises à vivre, à remuer, à gesticuler par le fait inouï, inattendu de quelqu'un ouvrant ce livre rangé, fermé et immobilisé depuis des siècles. En son état « immobilisé », j'entends que la Femme Pécheresse doit toujours être chez le marchand de parfums, alors qu'interrogée par lui, elle hésite à lui répondre, que les hommes et les femmes doivent constamment passer dans la Rue sans accuser aucun mouvement et que le Repas chez

Simon doit rester suspendu avec ses convives immobiles et ses serviteurs aux gestes et à la marche hiératiquement arrêtés.

Mais au moment où s'ouvre ce reliquaire, et nous pouvons bien lui donner ce nom puisqu'il contient et conserve la grâce, tout change : la Femme Pécheresse disparaît de la boutique, le marchand reste seul et chante, puis la Femme reparaît ; les habitants de Jérusalem reprennent leurs occupations et les serviteurs s'empressent d'aller, de venir de la Rue dans la Salle du Repas. Quelquefois même ils traversent cette rue en courant afin d'aller chercher en face ce dont ils ont besoin.

Tout ceci est placé uniquement dans un domaine idéal et imaginatif ; le rêve est, hélas ! bien loin des dures exigences de la réalisation théâtrale. Le triptyque est déjà ouvert lorsque le rideau s'écarte.

Le vantail de droite apparaît seul au milieu de la scène. Il est extrêmement bas de plafond, étroit, et la Femme Pécheresse et le Marchand de parfums doivent y sembler très grands et prendre toute la place.

En aucun cas ils ne doivent sortir du vantail pour venir sur la scène.

Un comptoir incliné, quelques vases, de la lumière venant par une porte basse de style arabe, placée à droite de la boutique, et c'est tout. A peine de profondeur.

Tout doit être vieux, fané, les dorures et les enluminures éteintes avec des « manques » par place.

C'est dans cette boutique que se passe toute la première partie. Aussitôt que la Femme Pécheresse s'en va, emportant le parfum dans un vase d'albâtre, le rideau se referme et reste clos pendant tout l'Interlude.

C'est au moment où il s'écarte à nouveau sur la seconde partie, que le triptyque est vu dans son entier. La boutique a glissé vers la droite et l'ensemble apparaît dans sa vétusté et sa magnificence.

Le marchand de parfums est seul.

Il est assis à son comptoir ; il écrit sur des tablettes et se lève de temps à autre pour ranger des objets.

Il est là, étranger à l'action qui va se dérouler au centre et dans le vantail de gauche.

Ce dernier représente une « Rue de Jérusalem » tournant vers la droite et bordée de hautes murailles sans fenêtres ; il n'a point de ciel, car il est traversé par une grande arcade formant voûte. Comme dans le vantail de droite, tout y est bas et la rue doit sembler plus petite que les personnages.

Deux arcades plus basses que celle du milieu, soutiennent les murs des maisons de gauche ; sous les arcades on voit une porte. Cette porte est ouverte et devant elle, un étalage rudimentaire de fruits, pastèques et autres menus objets, indique qu'à l'intérieur se trouve un bazar.

Les passants et passantes, s'ils montent la rue, disparaissent à droite, derrière le panneau du milieu et s'ils la descendent, ils la traversent, passent sous les arcades et tournent à gauche, prenant une ruelle invisible avant d'atteindre le bord du vantail.

Au milieu : la « Salle du Repas chez Simon ».

Elle est de plein pied avec la Rue. Une porte basse, du même style que toutes les autres, y accède; elle est ouverte. Une simple draperie posée devant est relevée pour la commodité des allées et venues des serviteurs. A l'intérieur, une table inclinée recouverte d'une simple nappe d'autel et sur laquelle sont disposés des assiettes, des coupes, des fruits divers. Cette nappe très courte laisse voir, par en dessous, le bariolage des costumes des convives.

Bordé par une balustrade très basse, tout le fond de la salle est ouvert jusqu'au commencement de l'ogive qui la couronne.

Les convives sont assis.

Jésus est seul à un des haut-bouts de la table, celui de droite, tandis que, de l'autre, Simon lui fait face.

Derrière les personnages on aperçoit la campagne de Palestine; des cyprès descendent vers la vallée de Josaphat. Et tout de suite, se dressent les murailles de Jérusalem, d'un brun-rougeâtre sur un ciel doré dont l'or est enlevé par places. Sortant de ces murailles, une coupole massive : le Temple.

L'impression générale de ce décor doit être celle produite par les enluminures des vieux missels avec leurs préciosités et leurs gammes décolorés traités en teintes plates. Préciosités d'enluminures rendues à cette harmonie unique et rare que seul peut donner le temps par son effacement.

Et lorsque le rideau se fermera pour la seconde fois, les deux vantaux se refermeront aussi sur la « Salle du Repas ».

La Femme Pécheresse retournera chez le marchand de parfums et tout s'immobilisera à nouveau et comme jadis jusqu'au jour où une nouvelle pécheresse viendra de par le monde ouvrir ce reliquaire de la grâce; et s'incarnant un temps en celle qui eut la joie d'essuyer de ses cheveux les pieds de Notre-Seigneur Jésus-Christ, l'obligera à renouveler son acte d'amour afin d'obtenir pour elle-même le rachat de ses fautes.

DES COSTUMES

(Femmes)

La Femme Pécheresse doit avoir un costume plutôt grec que syrien, s'éloignant de celui des femmes honnêtes de Jérusalem.

Elle n'en change point pendant le courant de l'ouvrage.

Quand elle entre dans la boutique du marchand de parfums, elle est vêtue d'une robe ample, froncée haut sous les seins. Cette robe est droite et descend aux talons, elle est très échancrée autour du cou et laisse les bras nus et libres. Les pieds sont nus également dans de fines sandales bleues brodées d'or. Sur la tête de la Pécheresse est posé un voile très long retombant en plis harmonieux et retenu au front par une bandelette d'or.

Lorsque, chez Simon, elle s'avancera vers Jésus, son voile aura glissé de sa tête et laissera à découvert ses cheveux chatains-clairs qui tomberont sur ses épaules, nattés seulement à la moitié de leur longueur, afin qu'elle puisse de l'autre moitié restée libre, essuyer les pieds du Sauveur.

Son voile sera bleu et sa robe gris-cendre.

Toutes les passantes de la rue et celles groupées en curieuses à la porte de Simon, doivent porter le hennin sur lequel est posé, à la vierge, le voile blanc. Voile long retombant en plis gracieux, dissimulant plus ou moins une veste de couleur éclatante, brodée ou pailletée de dessins en style ancien. Ces vestes ont des manches s'arrêtant au-dessus du coude pour laisser passer la grande manche taillée en pointe d'une robe de dessous tombant droit jusqu'aux talons. Cette robe doit généralement trancher sur le reste, par sa couleur sombre.

⁂

(Hommes)

Le marchand de parfums est un homme d'une quarantaine d'années, brun, à la barbe assez longue, taillée en pointe. Il porte un haut bonnet à turban, vert et rouge clairs, une chemise blanche, une gandura vert clair, un pantalon arabe vert foncé et a les pieds nus dans des babouches rouges.

Jésus a une robe vieil ivoire, aux manches longues et au col légèrement échancré. Une cordelette vieil ivoire lui ceint la taille. Ses cheveux sont blond-roux éteint et retombent en boucles sur ses épaules; la barbe très fine et courte est taillée à la juive.

Il n'a point d'auréole, mais de sa tête émane un rayonnement.

Il a les pieds nus.

Le premier convive, vu de face, est à la gauche de Jésus.

Il a un turban brun, une chemise vieux rose, une gandura rouge, un pantalon brun et des chaussures rouges.

Le deuxième et le troisième convive, également vus de face, ont: le deuxième, un turban violet, une chemise blanche, une gandura violet clair, un pantalon jaune et des chaussures violet clair; le troisième, un turban bleu outremer, une chemise bleu clair, une gandura rose, un pantalon bleu outremer et des chaussures roses.

Simon, assis à l'autre bout de la table, a un turban rouge chamarré, une chemise jaune, une gandura rouge avec des broderies et des liserés de soie jaune, un pantalon jaune foncé et des chaussures rouges brodées d'or.

Les serviteurs, jeunes garçons, au nombre de quatre, ont les cheveux coupés courts et portent tous, aux pieds, des sandales en cuir jaune foncé.

Ils sont nus sous des genduras très courtes. Ces ganduras sont variées de tons : vieux rouge, mordoré, bleu et orange.

Le personnage muet, « l'homme qui regarde », est ainsi habillé : turban vert passé, burnous brun, pantalon blanc sale, chaussures de cuir brun. Le tout, usé et poussiéreux. Il s'appuie sur un long bâton.

Les passants de la rue, portent des turbans, des toques, des bonnets hauts à turban ou ils ont la tête nue et rasée; comme vêtements : de longues robes boutonnées sur le devant; robes à manches en pointe ou étroites.

Certains passants portent aussi des ganduras.

Sur un théâtre plus grand que le mien, le nombre des convives vus de face peut être augmenté ainsi que le nombre des serviteurs et celui des passants et passantes de la rue.

DE LA COMPOSITION DE L'ORCHESTRE

La composition de l'orchestre, à part un tambour arabe, est purement occidentale. J'ai simplement cherché, par les chants traduits, à donner une impression orientale et non point l'idée d'une reconstitution musicale de ces époques lointaines; reconstitution qui, d'ailleurs serait impossible maintenant, même pour de plus érudits musicologues que moi; car les moyens d'expression employés autrefois sont certainement perdus, et un à-peu-près dans ce genre serait extrêmement dangereux à manier, très douteux dans ses résultats et irait probablement à l'encontre du but proposé.

C'est également par « impression grecque » que j'en usai avec mes « Chansons de Bilitis » et bien avant moi, Berlioz, dans ses Troyens, par son art étrange et sa puissante personnalité, nous donnait avec des moyens occidentaux, l'impression intense de cette Troade antique, à la fois raffinée et barbare, qui convenait si bien à son tempérament. J'ai donc gardé pour ma « Femme Pécheresse » tous les instruments qui, par la qualité de leur timbre, je dirais même, par leurs origines, pouvaient me rapprocher de cette « impression d'Orient » et j'en ai banni ceux qui m'en éloignaient.

Point de trombones, ni de cor anglais, ni de hautbois d'amour, saxophones, etc.

Un orchestre d'une grande simplicité me semblait de rigueur.

Parmi les bois, j'ai employé quatre grandes flûtes et une petite. Les flûtes dans le grave, sont mélancoliques comme un beau soir, évocatrices de toutes les fêtes dans leur médium et criardes comme des couleurs trop vives, dans l'aigu.

Les deux hautbois ainsi que les bassons rappellent les musettes arabes, accompagnement obligé de tous les troupeaux qui vont et viennent dans les campagnes de Palestine.

Les deux clarinettes représentent dans mon esprit, la part de voix humaine de l'orchestre; voix à la fois douce, sonore et formant comme un lien entre les instruments sensibles et passionnés et ceux plus calmes, plus froids, dans leur plane sérénité.

Les cors prolongés dans le grave par deux tubas doivent être « le tapis à prières » sur lequel toutes sonorités viendront glisser ou se poser.

Les trompettes, au nombre de trois, conviennent par leur éclat, leur caractère biblique à une manifestation religieuse; et aussi la petite trompette en ré, dont les hauteurs semblent être réservées aux musiciens archangéliques se tenant au sommet de l'échelle de Jacob.

Puis les harpes; avec elles, c'est toute l'évocation des fastes de Saül, de David et les magnificences du Temple de Jérusalem.

Combien devaient être belles dans leur ensemble les harpes disparues alors qu'elles célébraient l'entrée de la Reine de Saba dans le Palais du Roi Salomon!

Ici, rien qu'un rappel, un écho lointain...

Un tambour arabe est le seul instrument purement oriental. Je le fais alterner avec les timbales, mariant ainsi le coloris de leur bruit, les unissant dans une seule et même pensée.

J'ai dit précédemment que la cymbale m'était imposée par le chant chaldéen servant de thème à Jésus. Elle apparaît comme le rayonnement qui s'échappe de la Face Sacrée.

Le petit triangle apporte simplement une note joyeuse dans la boutique des parfums.

Enfin le quatuor enveloppe tout de ses vibrations. Par sa masse, sa nature, ses cordes libres, il est le grand véhicule de ce qui est le « ton » et pas absolument le « ton ». Il peut, s'il le veut, et même à son insu, apporter la réelle harmonique d'un ré dièze au lieu d'un mi bémol. Comme la voix humaine, il échappe à l'étreinte tempérée. Et sans lui demander des quarts de tons qui sonneraient faux et qui, en tous les cas, mettraient notre art actuel en état de déséquilibre, on peut espérer que les doigts déliés de ses musiciens laisseront échapper suffisamment de nuances délicates dans la division du son, pour créer autour de l'œuvre une atmosphère désirée et discrètement réalisée. Cela met entre les instruments à vent et les instruments à cordes un léger désaccord, sur lequel il serait très imprudent théoriquement d'insister, mais qui a été maintes fois constaté au cours des exécutions.

En attendant la division de la gamme des Al Farabi de l'avenir, sachons nous contenter de celle du présent.

DE L'INTERPRÉTATION

L'interprétation est du domaine humain, elle varie avec les individus. Une œuvre d'art est une synthèse qui a une forme, des rythmes, des coloris, un caractère qui lui est propre, des caractères secondaires et particuliers; livrée à l'interprétation, elle ondoie sur la mer toujours mouvante des sentiments et des passions.

Du moment que la synthèse première est respectée (et l'humanité responsable de la vie des œuvres, ne faillit pas à son devoir), il est inutile de chercher à fixer des flots changeants dont les chatoiements peuvent donner, à travers les rayons du soleil, les plus inattendues et les plus prestigieuses réalisations.

Le génie humain, comme la Trimourti Hindoue, conçoit, conserve et détruit.

Il conçoit une œuvre, la conserve un temps et la rend à l'Espace absolu quand l'heure de sa disparition a sonné. La Durée s'en empare, la conserve à son tour ou la détruit.

Mais, pour revenir aux modestes proportions qui nous occupent, je dirai donc qu'un artiste qui a conçu une œuvre, n'est pas sûr lui-même de l'interpréter deux fois de façon semblable. Il peut tracer quelques grandes lignes, souligner les principaux caractères, mais à titre d'indication; certains génies, comme Bach, n'indiquaient rien ou presque rien.

En effet, comment pourrions-nous admettre une interprétation fixe dans une existence où tout change d'une seconde à l'autre, où les idées, la spontanéité des sentiments, l'état pathologique des êtres sont emportés à travers des espaces jamais les mêmes qui doivent influencer leur organisme et le faire participer à des mouvements imprévus, inconnus d'avance?

Et c'est là toute la mort et l'anti-art de la cinématographie: cette fixation de l'interprétation qui supprime la vie. Ainsi s'explique le malaise que certaines personnes, dont je suis, éprouvent dans une salle consacrée à ce genre de représentation: le jeu rétrospectif des personnages, en désaccord avec « le moment ».

Toute autre est une œuvre d'art. Elle doit se tenir en dehors du temps, des actualités, être essentiellement transposable par ses symboles et s'adresser à l'universalité des êtres.

Entre temps, je dirai que je fais peu de cas de cette sorte de psychologie qui consiste à nous mettre au courant des petites sensations ressenties par tel ou tel artiste; petites sensations qu'il n'est même pas en son pouvoir de fixer lui-même et que d'autres individus cherchent à ressentir en les interprétant alors que celui qui les a émises n'en est plus capable et pense à autre chose. Non, l'Humanité est Une dans sa multiplicité et aussitôt que vous lui parlez le grand langage qui va droit au centre de ses perceptions, mettant en vibration toutes ses fibres, vous pouvez être sûr qu'elle ne se trompera pas sur le sens de l'interprétation d'une œuvre.

L'auteur doit prévoir les généralités de l'exécution, il doit aussi indiquer, s'il y a lieu, une voie nouvelle à suivre, afin d'éviter les retards provenant de recherches et de tâtonnements.

Et c'est seulement pour cela que je parlerai ici de l'interprétation de mes œuvres et de la « *Femme Pécheresse* » en particulier.

A partir de « *Yâdjñavalkya* », mon œuvre lyrique est surtout une œuvre de « silences ».

Je vais m'expliquer.

Le temps qui s'écoule, pour l'auditeur, entre une phrase chantée et celle qui la suit, est presque toujours extrêmement long; le personnage et sa parole devant sortir de la symphonie musicale, principe de sa vie et de son mouvement, comme une fleur sort de la terre.

Faute de maîtrise dans ma propre recherche, je ne pus pas, tout d'abord exprimer clairement ce que je désirais; mais plus tard, j'arrivai à définir une forme voulue, arrêtée et sans la compréhension de laquelle, aucun jugement sur mon art et son but, ne peut être porté.

Voici dans toute sa simplicité et sa grandeur la « Forme Divine » qui m'a servi de base et sur laquelle j'ai édifié la plus grande partie de mon œuvre: « Dieu dit: que la lumière soit, et la lumière fut ».

La Pensée d'un Dieu, s'exprimant par le son, dit: « Que la lumière soit, » et instantanément Il s'émane Lui-même en Lumière par le véhicule du Son de Sa Parole. Et dans cette Lumière qui prend forme, apparaissent les éléments, les êtres, les astres et les Dieux et leur reflet dans le temps: les Dieux, les astres, les êtres et les éléments.

Et c'est pour cela qu'Il est appelé Lui-les-Dieux. Cherchant à le glorifier, il était naturel que je cherchasse à me rapprocher de Lui dans le principe.

C'est pourquoi j'ai confié au son et non point au personnage le soin d'exprimer la pensée.

Les personnages, résultats de cette pensée, émanations directes de cette pensée, doivent en être le fidèle reflet, imprégnés de toute la mélancolie, de toute la nostalgie que peut créer un éloignement aux distances inconnues, entouré par la nuit quoique dans la lumière; mais lumière que ce personnage sait instinctivement factice, illusoire, quoique réelle.

Mûs par cet esprit, mes interprètes, qui, pour la compréhension humaine de l'œuvre sont tenus de refléter la pensée par la parole, doivent « jouer » la musique qu'ils chantent, mais surtout celle qu'ils ne chantent pas, parce qu'elle les atteint à la manière d'un régulateur, dans toutes leurs attitudes, leurs gestes et leurs expressions.

Qu'ils soient, selon le rite wagnérien, impassibles ou immobiles, soit, mais jamais insensibles.

Cette sensibilité intérieure qui doit s'extérioriser sous le flux et le reflux des ondes sonores, demandera de la part des artistes interprètes, un grand tact, beaucoup de mesure, des gestes appropriés à l'expression sans jamais tomber dans l'Art de la mimique. Et ce que j'attends d'eux aussi, c'est que les personnages qu'ils représentent ne soient pas des « copies » mais des extériorisations personnelles.

La « Femme Pécheresse » entre autre exemple, est une et cependant multiple.

La musique a des souplesses que la parole ne connaît pas et elle peut s'adapter à la multiplicité des tempéraments comme l'eau prend la forme du vase qui la contient. Cette composition personnelle de l'artiste, qui remplit les « temps muets », devra attacher l'attention de l'auditeur par tous ses sens et mettre son mental en état de compréhension parfaite au moment de la parole.

Nous sommes donc en présence d'une difficulté de plus dans cet art théâtral qui en comporte déjà un si grand nombre.

Autant l'artiste doit sortir de cette musique et l'extérioriser pour l'auditeur, autant l'auditeur doit, par la méditation qu'elle lui inspire, descendre en elle par des degrés qu'il se crée lui-même, c'est-à-dire « s'intérioriser »; chaque auditeur ayant ses degrés bien à lui et ne se servant en aucun cas de ceux qu'on pourrait lui présenter par suggestion.

C'est ainsi qu'un créateur atteint chacun de ses êtres par une ou plusieurs de ses fibres particulières, leur laissant la libre disposition de la discussion dans leurs préférences.

Mais, une préférence ne peut s'arroger le droit d'accaparer l'attention à son profit et de rallier sous sa bannière une collectivité, créant ainsi une « opinion de troupeau », fermant à l'auditeur les aspects d'une œuvre qui contient des multitudes d'autres préférences.

Seul, le Bon Pasteur, je veux dire, le Génie a le droit de rallier ses brebis.

L'auditeur actuel, malheureusement, est très fatigué par la vie moderne et il demande au théâtre un stimulant, un excitant pour secouer la torpeur qui l'envahit, aussitôt qu'assis dans un fauteuil, il est laissé à lui-même.

Les entreprises théâtrales qui connaissent mieux que personne cet « état » presque général, s'ingénient, dans le choix de leurs pièces, à tenir « éveillé » cet homme moderne qui tend à s'endormir quand autour de lui tout s'apaise dans le silence et la méditation. Et pour éviter « l'inévitable catastrophe », il est urgent de faire défiler devant ses yeux aux paupières alourdies, des scènes rapides, fantasmagoriques, des danses vertigineuses ou d'un sensualisme excitant, des bizarreries, des absurdités qui l'étonnent ou le fâchent, de grosses farces ou des histoires qui le font rire, une mise en scène toujours de plus en plus luxueuse, des costumes des mille et une nuits, le tout éclairé par une électricité effroyable déversant à profusion un jour faux et dur; ou, quand cela va bien, des exécutions sensationnelles de chefs-d'œuvre connus, classés où il est de bon ton de se faire voir. « Il ne faut pas que je dorme » se dit-il, et la présence d'un public de choix agissant conjointement avec le prestige d'une œuvre hautaine, indiscutée et indiscutable, suffisent pour le tenir en haleine et le remplir d'un saint enthousiasme!

Pour ma part, je ne demande pas tant à mon auditeur, sans doute est-ce plus... un peu de méditation.

Cet auditeur existe, je le sais; mais il est trop exceptionnel pour remplir des salles, trop pauvre pour faire fructifier des théâtres.

Maintenant vous en savez assez pour comprendre l'utilité de notre tentative théâtrale.

Aucun directeur ne consentira à faire l'expérience de cette première des qualités requises pour mon œuvre: l'art du silence, si contraire aux habitudes actuelles.

Ainsi nous avons banni les hochets, les curiosités, la folie et ses bonnets.

Plus tard, si les Dieux le permettent, il me sera peut-être donné de bercer les « endormis » avec mes longues périodes musicales ondulant ainsi que les houles de l'océan; quelques-uns seulement resteront éveillés et c'est pour ceux-là que j'aurai écrit.

*
* *

La « *Femme Pécheresse* » diffère de mes autres ouvrages quant à la conception qui s'est trouvée modifiée par la présence des chants syriaques. Me mettant sous leur vocable intercesseur, je devais en respecter le formulaire ou tout au moins ce que j'en avais pris, pouvant se prêter à une fusion avec l'occidentalisme.

On pourra remarquer cependant que lorsque cessent ces chants syriaques, ma vraie nature reparaît et que l'état de « silence » si propice à la « Femme Pécheresse » se manifeste à nouveau.

Le Prélude débute par les thèmes du « Roi David ». Il est exposé par une flûte et accompagné par des harpes.

Il se développe à la manière arabe, par répétitions fréquentes, obstinées, allant jusqu'à l'exaltation rythmique. Le thème de « l'Orient » qui suit, apparaît *P.* au Quatuor, scandé par un tambour arabe, en attendant de servir de support aux flûtes qui vont reprendre le thème du « Roi David ». Ce dernier est redit par d'autres bois qui se jouent également sur ce thème de « l'Orient » au rythme obstiné.

« La boutique du marchand de parfums » arrive avec les bruits de la rue sur laquelle elle s'ouvre et dans cette ambiance moitié ombre, moitié soleil où s'agite une foule bariolée, pressée et joyeuse.

Quand le thème du « Roi David » reparaît en fa dièze mineur, après une exaltation de rythme oriental, il doit être attaqué fortissimo par les flûtes, hautbois et trompettes sur le thème de « l'Orient » et aller en diminuant vers la fin en passant par les bassons et un cor.

Et lorsque « la boutique », exprimée par une clarinette, passe pour la dernière fois dans le Prélude, elle doit être plutôt une émanation retenue et parfumée qu'une musique.

Puis, tout se tait petit à petit et pendant que le rideau s'écarte, un solo de flûte, très doux, nous annonce, par sa formule arabe de la « Salutation », l'arrivée prochaine de la « Femme Pécheresse ».

L'exécution de ce prélude ne doit pas être rigide dans ses mouvements. Une langueur peut planer par instants au souvenir évocateur du Roi David toujours vivant au cœur de cette foule animée et invisible et faire contraste avec l'exaltation des rythmes; langueur et exaltation mystique, ces deux caractères bien orientaux peuvent, par leur mise en valeur, aider la compréhension de l'auditeur dans ce premier contact avec l'ouvrage.

♣

Dans sa boutique, le marchand de parfums, chante. Il chante pour lui et comme quelqu'un qui sait que personne ne l'écoute. D'ailleurs, il va, vient, range ses vases et est beaucoup plus occupé par ce qu'il fait que de ce qu'il chante.

Sur un trait de violons, la Femme Pécheresse entre rapidement, puis s'arrête... car dans son esprit vient d'apparaître subitement le « pourquoi » de sa décision et toute la témérité de l'acte qu'elle va accomplir. Cependant elle salue le marchand qui lui rend son salut.

Mais elle, si pleine d'ardeur quelques instants auparavant, ne peut cacher son embarras et c'est avec timidité qu'elle demande le parfum « digne du plus grand Roi ». La musique sur laquelle elle chante est faite de fragments de ses thèmes et se termine par un rappel de celui du « Roi David ».

Le marchand qui connaît cette femme, l'examine curieusement; il s'aperçoit de son trouble et avec une sévérité feinte, lui répond: « Femme, bien haut est votre orgueil », etc.; puis il ajoute sur un ton plus bas, malicieux et familier: « On vous voit dans les carrefours... » etc. C'est sur cette dernière phrase que le thème du marchand de parfums, avec ses redites et ses insistances, se fait entendre pour la première fois.

Forte de sa décision, la femme pécheresse qui pressent des explications qu'elle ne veut point donner, se replie sur elle-même, son courage lui revient et c'est avec fermeté qu'elle dit : « Craignez le Dieu de vos pères, ô homme et donnez-moi un vase d'albâtre rempli de parfum ».

Elle ne se départira de cette fermeté qu'à l'apparition du thème des « gémissements intérieurs », alors que craignant d'échouer dans son projet, elle commence à supplier le marchand de céder à ses vœux.

Toute la scène doit aller dans le sens de l'insistance d'un côté et de la résistance de l'autre, jusqu'au moment où le marchand de parfums laisse échapper : « A ce prix, je vous donnerai le parfum royal ».

Entre ce moment et celui où la Femme Pécheresse commence d'une voix presqu'éteinte : « Dans la ville, personne, de mes iniquités, n'ignore l'étendue... », il s'écoule une dizaine de pages d'orchestre.

Un homme de théâtre a dit : « Là, il faut des acteurs de génie », et cet homme a bien dit.

De même, quand Koridwen, dans « *Hu-Gadarn* », cueillera les herbes qui doivent composer le breuvage magique de la Connaissance, il faudra que ses voiles, sa traîne, ses moindres gestes soient d'accord avec la musique et qu'elle réunisse avec les dons d'une grande chanteuse, ceux d'une grande tragédienne.

Cette partie de l'œuvre qui nous occupe et où la courtisane s'est décidée à révéler son secret pour obtenir le parfum, doit être dite à la manière d'une confession qu'elle ferait à un autre que le marchand de parfums. Ce dernier l'écoute très attentivement et quand elle a fini de parler, sa curiosité première, modifiée d'abord par l'étonnement, s'est changée en respect ; car la musique a fait connaître dans son entier le thème de la « Femme Pécheresse », puis des cantilènes orientales que l'on retrouvera dans l'Interlude et dans sa prière aux pieds de Jésus, dépeignant, à ce moment, la mélancolie qui l'étreint ; les « gémissements » ont précédé la subite apparition de son thème spirituel suivi de ceux de la « sagesse » et de la « soumission ».

Alors le marchand va chercher le vase d'albâtre et quand il le lui remet, elle le prend en tremblant tandis que la boutique tout entière semble s'illuminer ; un rayon très doux se pose sur le front de la courtisane. Cette lueur est à peine indiquée par le trille de triangle sous les thèmes du « marchand », de la « boutique » et de « l'Arche Sainte » ; elle se termine à la fin de la phrase : « Des prophètes, vous êtes fille ».

Mais la pécheresse n'entend pas ce qui lui est dit. Elle tient le vase entre ses mains et ses yeux ne peuvent s'en détacher. Quand le marchand, attendri par tant de contrition et de force d'âme, lui apprend que Jésus est chez Simon le Pharisien, elle tressaille, le regarde et se reprend peu à peu en écoutant ses paroles pleines de bonté et de confiance.

C'est lui, maintenant, qui la presse de partir.

Le thème de la « Salutation » revient, et tous deux se saluent comme si rien ne s'était passé.

Elle part, tenant précieusement le vase de parfum sur lequel elle a jeté son voile.

Le rideau se ferme pendant que le marchand reprend les occupations auxquelles il se livrait avant la venue de la « Femme Pécheresse ».

Une clarinette reprend aussi sa « chanson », la terminant par un trille pianissimo s'enchaînant aux premières mesures de l'Interlude.

*

L'Interlude exprime les différents états d'âme qui agitent la Femme Pécheresse, alors qu'étant sortie de chez le marchand de parfums, elle songe à se diriger vers la demeure de Simon lePharisien. Ce moment musical est tout intérieur, tandis que le Prélude, par ses thèmes, était de sentiment et de forme extérieurs.

L'Interlude, au contraire, est fait d'aspiration vers la Rédemption, le « thème spirituel » montant des cuivres en appels réitérés sous les « gémissements » qui s'exaltent, modifiés par des formules orientales rappelant le thème du « Roi David ». Les ressouvenances de la vie passée se présentent à l'esprit oppressé de la courtisane, mais elles sont chassées par les appels spirituels qui, jusqu'à la fin de l'Interlude, se feront entendre, s'éloignant avec la Femme Pécheresse et se perdant avec elle dans les rues sombres de Jérusalem.

*

Le rideau s'est ouvert sur le triptyque, et le thème de « l'Orient » qui accompagnait le « thème spirituel », s'enchaîne avec celui des « Serviteurs ». Ceux-ci emportent les plats se trouvant sur la table, ceux posés à terre ou sur les petites consoles très basses des encoignures de la salle.

Une décoration fixe de fruits de différentes couleurs dans des corbeilles, de coupes, d'assiettes, d'amphores, est placée sur la table; trois convives sont vus de face. Jésus et Simon, quoiqu'assis en face l'un de l'autre sur les côtés de la table, ne se regardent point et sont tournés de trois-quarts vers le spectateur.

Quand les jeunes serviteurs emportent ce qu'ils ont desservi, ils sortent de la salle par la porte donnant dans la rue et disparaissent à gauche. C'est dans le bazar se trouvant sous les arcades qu'ils vont chercher de nouvelles corbeilles de pain, de fruits, des vases décorés contenant des confitures.

Des hommes, des femmes passent dans la rue, de la manière que j'ai déjà indiquée.

Un homme vêtu pauvrement est arrêté près de la porte de Simon. Il est seul. Il regarde dans la salle, tournant le dos aux spectateurs.

Le thème du « Repas » éclate, mais le repas est silencieux, personne ne devant prendre la parole devant Jésus.

Les convives ne laissent pas aux serviteurs le soin de le servir; ils le servent eux-mêmes.

Sur les deux dernières mesures du thème du « Repas », un convive, celui qui est à gauche de Jésus, d'un geste hiératique, lui tend du pain dans une corbeille. Jésus prend un pain et le convive remet la corbeille aux mains du serviteur qui l'avait apportée.

Les deux premières mesures du thème de la « Femme Pécheresse » se font entendre.

Portant le vase d'albâtre recouvert par le voile qui a glissé de sa tête, elle vient de traverser la rue, venant de la ruelle de gauche.

N'osant encore entrer, elle se dissimule derrière l'homme qui regarde.

Les serviteurs entrent et sortent sur leur thème.

Celui du « Repas » revient pour la deuxième fois et sur les deux dernières mesures, même geste hiératique d'un autre convive, le second, qui fait parvenir à Jésus une corbeille de fruits, par l'entremise de celui qui est plus près de lui.

Le thème de la « Femme Pécheresse » revient encore; il est plus long. Elle fait une tentative pour pénétrer dans la salle, mais deux serviteurs en sortent; elle craint d'attirer l'attention et elle se range pour les laisser passer.

Augmentant d'intensité, le thème du « Repas », reprend une troisième fois et sur ses deux dernières mesures, un convive offre une coupe à Jésus tandis qu'un autre offre à Simon des fruits dans une corbeille.

A la faveur des allées et venues des serviteurs, la Femme Pécheresse pénètre dans la salle. Elle se tient dans le coin de gauche, n'osant avancer. Les convives ne font point attention à elle.

A la quatrième reprise du thème du « Repas », sur les deux dernières mesures, les invités de Simon, sauf Jésus, se servent entr'eux.

Et le thème des « convives » apparaît pour la première fois.

A ce moment, la Femme passe derrière la table se mêlant aux serviteurs; elle cherche à s'approcher de Jésus, mais, voyant que de ce côté elle ne pourra l'atteindre, elle revient sur ses pas.

Lorsque, pour la deuxième fois reparaît le thème des « convives », un fragment de son thème spirituel, confié aux violons, marque sa présence dans la salle.

Enfin, l'animation devient plus grande; les bruits du dehors parviennent jusque dans l'intérieur de la maison et mêlent leurs sonorités pittoresques à la gravité silencieuse du thème des « convives ».

En proie à une ardeur qu'exaspère l'attente et que des trilles de flûtes et de clarinettes succédant à son thème spirituel dépeignent, la Femme Pécheresse passe résolument devant Simon, devant la table et c'est sur son thème de courtisane, thème d'où tout ornement a disparu, descendant de l'aigu au grave et se terminant par une simple ligne à l'unisson qu'elle va s'agenouiller aux pieds de Jésus.

Sur les temps qui précèdent, à la troisième reprise *f* du thème des « convives », un groupe de femmes qui passait dans la rue, s'est arrêté devant la porte de Simon.

On les voit parler à voix basse aux serviteurs et à l'homme qui regarde. Elles aperçoivent la courtisane dans la salle et leur curiosité est extrême.

Au moment où la Pécheresse se prosterne aux pieds de Jésus, un murmure s'élève parmi les convives auquel se mêle celui des curieuses de la rue qui, poussées par leur désir de voir ce qui se passe, ont franchi le seuil de la porte.

A partir du moment où commence « la Prière intérieure », exposée d'abord par les violoncelles; prière qui n'est que le thème renversé de la « Femme Pécheresse », montant en gémissements du grave à l'aigu, tous les assistants doivent garder l'immobilité de la dernière attitude qu'ils ont prise, quand, surpris et scandalisés par l'acte dont ils étaient témoins, ils se sont penchés pour voir ce que faisait cette femme.

Celle-ci a déposé son vase d'albâtre auprès d'elle; elle arrose, de ses larmes, les pieds de Jésus, puis elle les essuie avec ses cheveux.

A la fin de sa « Prière », quand reviennent les appels de son thème spirituel, elle prend le vase d'albâtre et sur le trait de harpes en si majeur, elle verse l'huile de parfum sur les pieds sacrés.

Les assistants ne se départissent de leur immobilité que lorsque Simon dit à mi-voix et sans les regarder : « Si cet homme était prophète... ».

Quand Jésus interpelle Simon, il ne le regarde pas; sa voix est plane et sans aucune trace de sentiment ni extérieur ni intérieur.

Les passants et passantes de la rue se sont rassemblés petit à petit autour de la porte, car leur attention a été attirée. Il faut qu'ils soient là, tous, lorsque Jésus prend la parole et ils ne doivent commencer à se grouper que pendant le doute de Simon.

Quand Jésus dit : « Vos péchés vous sont remis », tous disent presque bas et sous l'empire d'un étonnement intérieur : « Qui est celui qui remet même les péchés ? »

Seuls, les petits serviteurs et l'homme qui regarde, ne chantent pas.

Le marchand doit rester assis et immobile dans sa boutique, à partir de l'instant où la Femme Pécheresse s'agenouille aux pieds de Jésus.

Il gardera la même attitude jusqu'à la fin de l'ouvrage.

Après les paroles : « Votre foi vous a sauvée, allez en paix », il doit se produire dans le cœur de la Femme prosternée, un arrachement intérieur du monde du péché; et c'est cet arrachement silencieux pour nos sens que j'ai voulu exprimer par le point d'orgue ou « point d'arrêt » qui précède l'explosion finale : emportement de l'âme dans les régions de la joie et de la lumière tandis que le corps reste étendu sans mouvement sur la terre.

Les témoins du Saint Mystère sont immobiles et leur visage ne reflète plus aucun sentiment.

R. S.

PRINCIPAUX THÈMES

GRAVÉS HORS-TEXTE

D'APRÈS LE MANUSCRIT

ORIGINAL.

———

Principaux thèmes de la Femme Pécheresse
Le Roi David
L'Orient
Chanson du marchand de parfums
Le Roi Sa-lo-mon s'est fait une li-tière
bois du Li-ban.
Vif
Le Marchand
Assez lent
La Salutation
mf
de l'Arche Sainte
mf Très modéré
La Trompette de Jéricho
Même Mt

La Marche des Pélerins

Très modéré

Son thème Spirituel

Même n°

vite

Les Serviteurs

Le Repas chez Simon

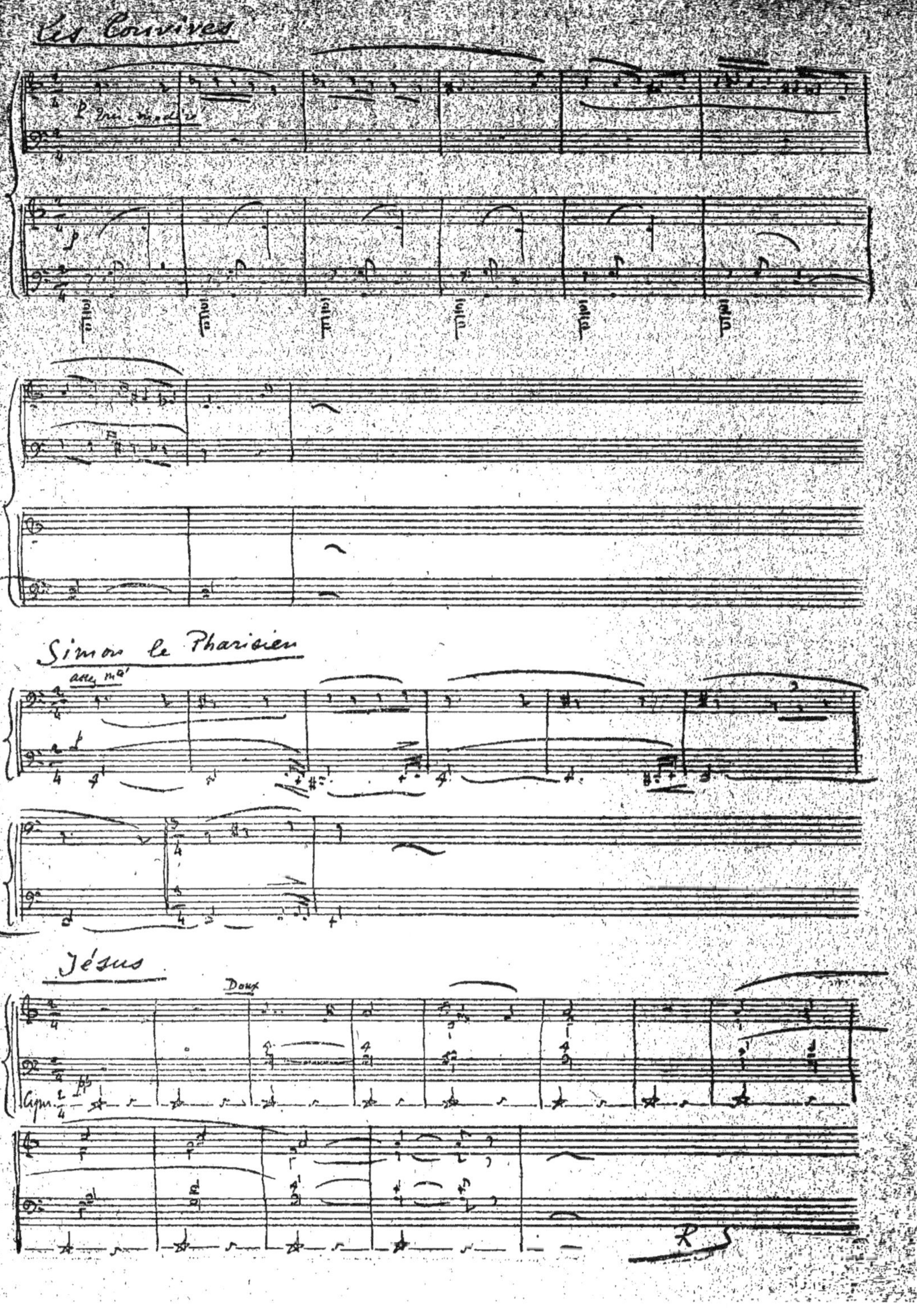

Les Convives
Simon le Pharisien
Jésus
Doux

IMPRIMÉ SUR LES PRESSES

DE L'IMPRIMERIE DE PROVENCE

MOUTON FILS ET P. BEAU

RUE DE L'ORDONNANCE

A TOULON-SUR-MER